ANNA DE BRANCOVAN

Comtesse de Noailles

POÈMES

D'ENFANCE

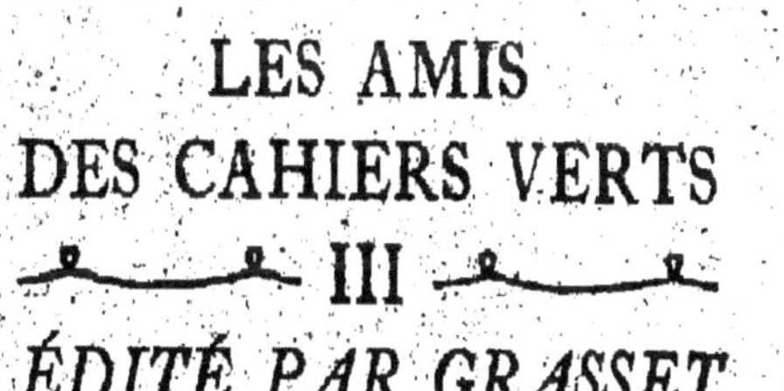

POÈMES D'ENFANCE

ANNA DE BRANCOVAN

Comtesse de Noailles

POÈMES

D'ENFANCE

LES AMIS
DES CAHIERS VERTS
III
ÉDITÉ PAR GRASSET

Ce volume est orné de
quatre portraits inédits de
l'auteur.

J'AI le souvenir estompé et fragmentaire de la vie depuis l'âge de deux ans, et je sais que peu de temps après je devins, avec conscience, cette enfant ardente, sans compagnie qui la satisfît, heureuse ou triste avec excès, que le tout petit âge maintenait dans la modération. Car l'enfance est la saison de la sagesse. L'être étonné, qui n'a droit à rien, qui ne reçoit que ce qu'on lui accorde capricieusement, dont le cœur attentif est exercé à la gratitude et l'esprit à la précaution, domine avec force sur son monde intérieur. Il s'agit, pour l'enfant, de voir se réaliser un peu de son désir sans se heurter d'un choc trop vif aux volontés distraites ou impulsives des supérieurs. Rêveuse et raisonnable, une petite fille recherche son équilibre dans l'extrême dignité, en ne se permettant de former que des souhaits mesurés, en remerciant avec effusion, et, fière et timide, elle s'avance ainsi, pendant des années, ingénument, vers l'heure de son pouvoir prodigue et dévorateur. Si difficile à déchiffrer pour son entourage et plus encore pour ses parents, l'enfant a bien la connaissance de ceux qui le dirigent. Il pressent leur beau temps, suppute leurs orages et leur grêle, se méfie, ne se

risque à les solliciter qu'avec prudence
et innocente stratégie.

La poésie chez l'enfant est donc une
solitude. Seul, ne sachant encore à quoi
s'appuyer dans le royaume de l'esprit,
il énonce un appel, un reproche, un
ravissement. L'inquiétude et la plainte
elles-mêmes ne s'exhalent pas avec
amertume, tant l'enfant se sait au commencement des choses. Il peut être
désolé, envahi de mortelle tristesse,
mais non point désespéré. Ne plus
espérer et s'en réjouir, c'est avoir
rompu l'alliance avec la vie, c'est, le
cœur épuisé par la dure expérience,
approuver l'anéantissement. L'enfant,
lui, en colloque mystérieux avec l'avenir, s'affirme et s'accroît de seconde en
seconde, se fraye un chemin vers le
bonheur, acquiesce aux signaux que lui

fait la secrète éternité, visage turbu-
lent et trompeur de l'éphémère destin.

** **

Vers l'âge de six ou sept ans, je com-
mençai à connaître la liberté enivrée
de l'être qui, par le choix ingénieux
des mots plaisants, tente de construire
un petit univers et de se raconter. Pré-
cédant l'éclosion de mes toutes pre-
mières poésies, j'écrivis des narrations
jugées surprenantes par mes parents,
bienveillants et tendres. Ces feuillets,
où mon écriture appliquée témoignait
de la lenteur qu'éprouve le jeune esprit
à composer, à échapper à la songerie
indisciplinée, mon père et ma mère
les communiquaient à leurs amis cour-
toisement émerveillés. C'est au retour

de nos excursions sur les routes des
vertes Savoies, si réjouissantes avec leurs
paysages rebondis de châtaigniers,
leurs villages romanesques habillés
de vignes grimpantes, leur mélange
d'herbages et de sources, et l'horizon
des lacs tentateurs, que je rapportais
ces naïfs devoirs que tant d'indulgence
accueillait.

J'aimais la nature inexprimablement
et je m'efforçais de grouper mon timide
et court vocabulaire de telle sorte
qu'une vivante image en jaillît. L'exactitude des impressions qui, chez l'enfant, correspond à une découverte,
m'ont été aussi chères et aussi naturelles que ce soudain état de prière et
d'extase imposé par la beauté des cieux,
et à quoi m'avait accoutumée la musique de ma mère, chant pathétique

et ailé montant en volutes harmo-
nieuses du clavier jusqu'aux nues.
Sérieuse, encline au scrupule, et portant en mon cœur l'ordre de dépeindre
l'heureuse promenade que l'on nous
avait consentie, j'observais sur mon
passage les plus fins détails de la con-
trée que nous visitions. Je veillais à ne
pas me laisser submerger par la miroi-
tante chaleur, déesse envahissante qui
distribue la joie en bondissant de la
blanche poussière à l'azur, et dont
l'aérienne cantate m'immobilisait dans
la béatitude. Fascinée par les coloris
enivrants, les instants de fraîcheur
délectable, le mystérieux chant des
coqs assourdi à midi jusqu'à ressembler
au roucoulement voluptueux des colombes, par la tonnelle frémissante de
feuillage où l'omelette au lard, mets

hardi, écarté de la table de mes parents,
installait sa poésie rustique, je m'inter-
disais la langueur : inexplicable délice,
hésitante et pure rencontre de l'enfant
avec l'amour !

M'arrachant d'un geste de l'âme à
la contemplation paresseuse, j'exami-
nais ce qui m'environnait, je le logeais
dans ma mémoire. Que j'étais fière,
que j'étais contente de mes récoltes
minutieuses ! Au retour, je signalais
orgueilleusement, dans mes récits, le
vif vermillon et la minceur aiguë de
l'épine-vinette, qui égrène sa pluie,
d'une teinte acidulée, au long d'une
fine branche dressée sur l'azur ; la baie
bleuâtre du prunellier qui échange avec
l'enfant un regard de velours ; les déli-
cats volubilis, souffle visible d'un matin
radieux ; enfin les mûres violettes et

noires, objets de notre convoitise, pro-
tégées dans les haies par leurs épines
dures et croisées et que l'on nous affirmait être réservées aux petits vaga-
bonds, aux enfants pauvres, — chers
enfants pauvres, sans gouvernante, sans
vêtements nets ou pimpants, et que
nous avons tant enviés !

Que de soupirs une petite fille étend
sur son laborieux devoir de style ! Je
revois dans ma mémoire ces quatre
pages de papier scolaire, rayées de fins
jambages et portant des titres agrestes
empruntés à la charmante géographie
du voisinage : le nom de la montagne,
le nom de la rivière. Mais ces descriptions où *l'astre du jour, la pourpre du
couchant, la lune laiteuse* vinrent si
souvent à mon secours, ne satisfai-
saient pas ma loyale ambition, mon

passionné désir de bien mériter. Ces beaux mots sans cesse accouplés et qui s'arrondissaient comme un accord bien frappé sur le piano de ma mère, je portais le poids de leur présence somptueuse et facile. Je voyais, tandis que j'écrivais lentement, car la composition chez l'enfant ne saurait être désinvolte, tout lui est effort sauf le rêve, le désir et le jeu, je voyais bien ce que j'empruntais, avec une maladresse et une indigence infinies, aux dictées que l'on nous faisait de quelques lignes de Chateaubriand. Si subjuguée que je fusse par les mélopées du grand écrivain que notre institutrice vénérait une main sur le cœur, mon espérance et mon pressentiment ne se décourageaient pas. Chateaubriand ! Ma mère parfois en parlait comme de

Beethoven ou de Hændel, elle l'évoquait avec une vague religiosité devant les spectacles de la nature, je l'entendais citer telle phrase de lui qui rendait fastueusement grâce au créateur; mais, quand on est une enfant qui recommence tout l'univers, se peut-il que l'on se contente de l'hymne des aînés glorieux, quelle que soit leur splendide attitude que des gravures romantiques nous avaient révélée, en nous familiarisant avec les orages, les caps et les flots incurvés? En effet, au mur du salon familier tendu de toile écarlate, dont la froide odeur de fil réjouissait l'odorat, une feuille de papier jauni, cerclée d'une baguette dorée, nous montrait Chateaubriand debout sur le roc et comme égaré dans une île, le front balayé par le vent, la

main arrondie en forme de tourterelle
et glissée dans le jabot de lingerie, le
pied allongé au bout du promontoire
où le rejoignait la houle fumeuse des
nuées.

L'enfant communique rapidement
avec l'apparence et avec la légende du
génie, cependant qu'il rôde, inquiet,
au bord ténébreux des chefs-d'œuvre.
Mon cœur ignorant mais perspicace ne
se satisfaisait point de celui de Chateaubriand. Et puis, ce prince superbe
des aurores et des soirs, pourquoi ne se
haussait-il pas à être poète? La poésie
était tenue en suprême honneur dans
la maison de mes parents. Le nom de
Victor Hugo y était prononcé avec
une salutation d'amour et une soumis-
sion unanime. Grands et petits nous
habitions son temple aux sonores

colonnes, nous obéissions à ses tables de la loi. Victor Hugo ! Voilà vers quoi il fallait marcher ! C'est l'héroïsme de la faible enfance, si peu protégée, de ne rien craindre dans l'ambition. Victor Hugo, était-ce un homme, était-ce un monde ? Il représentait pour nous l'espace, la sagesse, les pleurs, la bonté, le paradis. Oui, le projet, le but, c'était bien d'aller vers Victor Hugo, de s'étendre au pied de la lyre. Et quoi de plus raisonnable que de s'élancer confiants, trébuchants, véritable pèlerinage d'enfants, vers celui qui les aima tous, qui recueillit les plus humbles dans ses strophes retentissantes, et s'adressa avec la gravité d'un amant ébloui aux plus petits d'entre eux :

Vous eûtes donc hier un an, ma bien-aimée !

Il ne se passait guère de jours où l'un des amis de mes parents, un vieux monsieur, nous semblait-il, — car quel âge ont les grandes personnes aux yeux d'un enfant? — ne récitât quelque poème d'Hugo. Après les repas, soit que le soleil du plein jour s'engouffrât avec une brutale aisance dans la belle salle vitrée où, sur des tables d'osier, les guêpes et les roses ondulaient emmêlées, soit que la nuit naissante, portant attachée à son épaule la lune ronde, bijou japonais, présidât à l'infinie délicatesse des sons et des lignes disposés sur le sombre azur comme sur la page d'un herbier, le vieil ami de nos parents s'avançait avec componction au milieu du groupe fervent que formait l'aimable compagnie. On entendait, mouvement des âmes, s'organiser le silence et le vibrant respect. Convaincu de sa mission, assurant sa voix émue, notre ami vénérable déclamait les vers illustres. Mains jointes, yeux clos, sachant que le miracle toujours s'accomplirait, j'écoutais s'épandre en moi le bonheur noble, chargé de visions. Quel accent avait la frémissante évocation !

Oh ! combien de marins, combien de capitaines...

Et le décor redoutable nous assaillait, la puissante malignité des océans nous montait jusqu'au cœur, nous tournions vers ceux qui en sont les héros et les victimes des regards pleins d'ombre et de charité. Il y eut un mois d'août tissé de soleil, pâmé d'aromes, qui fut,

deux fois le jour, consacré à la douleur d'un père sublime. On lisait, on commentait « A Villequier », sommet où s'apaise la foudre, brillant joyau des larmes dans les *Contemplations*. Au comble du désespoir, nous aussi nous portions le deuil de Léopoldine, et je sentais se réveiller, dans une étrange gloire, la douleur effrayée, l'immense répulsion à vivre, la mystérieuse offense que m'avait causées, tout enfant, la mort de mon père. Ainsi fus-je initiée poétiquement à la catastrophe et aux cruautés de la nature, dont je révérais les prodigues élans, par les stances que Hugo dédiait à la disparition tragique de sa fille. Le regard perdu dans le ciel, dont le poète ne se détournait pas, qu'il abordait et harcelait au contraire par l'affliction, les reproches, et ce qu'un vieux prêtre, aumônier des religieuses Clarisses, nommait avec regret le blasphème, je cherchais à y reconnaître les lois stupéfiantes et nécessaires du malheur, et je me demandais, soumise et offusquée, pourquoi :

la création est une grande roue
Qui ne peut se mouvoir sans écraser quelqu'un !

C'est au son de cette musique des mots et de la pensée que, toute petite fille, j'écrivis mes premiers vers. Est-il nécessaire de dire que, sauf le rapprochement évoqué fréquemment du berceau et de la tombe, mes balbutiements ne ressemblaient point à des vers de Victor Hugo?

Observatrice rêveuse d'un jardin aussi beau que ceux d'Orient, et qui, pareil à eux, suspendait des terrasses de fleurs sur la turquoise des flots, je composais pour célébrer ces lieux d'enchantement de petites peintures verbales, où voltigeait, couleur de crépuscule, une légère cendre funéraire. L'enfant privilégié ne connaît de la mort que le nom : on lui épargne la vue de l'injure suprême de la nature, mais il devine l'insécurité autour de ses pas, il est intrigué et abattu par l'énigme dolente qui s'étend de la terre au firmament, et sous quoi s'efforce, lutte et gémit la création entière.

Mes aveux chétifs et francs tracés d'abord sur des feuilles volantes, je les recopiais avec application dans deux petits albums qu'une clé argentée tenait clos, et qui, par là, prenaient à mes yeux l'aspect d'une importante propriété. Souvent, une décalcomanie, humble image représentant un bouquet de fleurs villageois, étroit comme le cercle où les enfants, à la fin d'une lettre, déposent et enferment un baiser, était humectée d'un peu d'eau et imprimée par ma sœur au-dessus de ces mélodies mélancoliques. La mélancolie, la tristesse, bien que pesantes à des membres si frêles, me rendaient fière. J'avais appris auprès de ma mère à vénérer cet état du cœur, à honorer le saule et le cyprès. Tout ce qui lui paraissait beau, elle le déclarait triste. Belle, juvénile, rieuse, ma mère ingénue goûtait sans le savoir au plaisir et à tous les triomphes de la vie, mais elle n'attachait de prix qu'à l'infortune, au sublime, aux sanglots. Mon admiration pour elle, comme ma nature même, me portaient à l'imiter et, plus sensible qu'elle, dont la robuste grâce soulevait et inclinait avec une infatigable allégresse l'urne grecque, chargée d'harmonie, je transformais en douleur la joie, je ressentais jusqu'à la détresse insupportable l'excès de la suavité. Ainsi mes premiers murmures poétiques reflétaient-ils cette souffrance du rêve que, si longtemps après, j'ai fixée avec une précise mémoire :

J'étais une enfant triste, enivrée et chétive,
Avec je ne sais quoi de fort comme la mer
Qui ne saurait manquer, alors qu'il faut que vive
Un corps léger qu'anime un ouragan amer !

La nuit, me soulevant d'un lit tiède et paisible,
M'accoudant au balcon, j'interrogeais les cieux,
Et j'échangeais avec la nue inaccessible
Le langage sacré du silence et des yeux.

Ah ! que je me souviens, enfant grave et profonde
De vous qui fûtes moi ! comme j'entends encor
Les grenouilles chanter, ces cigales de l'onde...

Mes puérils essais furent adoptés chez moi avec complaisance, avec orgueil, comme l'avaient été, quelques mois auparavant, les descriptions de nos promenades dans la campagne. Tel vieil ami lettré de notre entourage y croyait voir des réminiscences héréditaires de l'élégie grecque et latine. Je surprenais des éloges qui circulaient à voix basse, des regards dont le sourire ravi descendait pieusement sur mon front, occupé de tendresse et non de vanité. Je remercie, à travers l'ombre et les ans, ceux qui, par la bonté et la poésie de leur âme, m'ont donné confiance en moi-même. J'étais une enfant humble, anxieuse, dépendante de tous, mais qui ne doutait pas des mots qu'elle entendait prononcer, et qui, ainsi encouragée, puisait dans l'infini de ses

désirs une certitude de vocation. Je
sus dès lors ce que j'allais être un jour.
Je prenais à témoin, silencieusement, le
paysage deux fois azuré qui nous environnait du soin que j'apporterais à
recueillir sa grâce, à la faire prévaloir
sur le sortilège des lieux plus vantés.
Je conclus avec un site parfait du
monde la plus ardente, exclusive et
fidèle alliance. J'exigeai, enfant dé-
faillante et vorace, la gloire et l'im-
mortalité, c'est-à-dire plus de chances
et plus de périls dans l'amour, mais
ces redoutables bonheurs je ne les vou-
lais pas sans le lac, sans le jardin, sans
la maison de mes parents.

Que la route où l'on marchait en
chantant fût si ardue, que la ruse et la
cruauté des pièges fussent sans limites,
je ne l'eusse pas imaginé. J'ai connu

dès l'enfance, par rafales, le souhait de n'être point venue dans la vie. Chaque événement qui arrête ou élance plus tard l'existence, et même le tranquille arrangement des jours mornes, me semblèrent excéder le pouvoir de la vaillance. A peine ai-je le courage de refaire par le souvenir le trajet que j'ai accompli dans un ouragan de témérité, et de résignation violente, mais s'il fallait encore choisir l'arme d'un déchirant triomphe, je demanderais au destin la poésie, raison incluse dans la musique, indication du rêve que les harmonies de l'univers ne proposent qu'à l'instinct, et que le verbe confie à l'intelligence.

Je ne possède plus les deux albums de mon enfance, l'un relié en cuir gre-

nat, l'autre en cuir noir, où les serrures
trop souvent maniées pendaient brisées
et tintaient comme des breloques.
« Prenez-les », ai-je dit un jour, au temps
des jours heureux, à l'un des insignes
amis dont la tendresse et la piété clé-
mente comblaient mon cœur et le faisaient éclater de reconnaissance. Et je
vois le riant orgueil avec lequel, parcou-
rant ces pauvres plaintes timides et infa-
tuées, celui à qui je proposais l'humble
cadeau affirma que ces petits livres le
faisaient se ressouvenir des poèmes de
Robert Browning.— Inoubliable géné-
rosité de l'amitié pour qui nulle appré-
ciation n'est excessive, qui reconnaît
en un visage aimé le commencement et
l'épanouissement du monde, votre présence et votre disparition ont marqué
mon zénith et mes ténèbres constantes !

Je ne sais pas, je ne veux pas savoir
où reposent ces premiers chants de
l'enfant à qui la mort, inconnue et in-
compréhensible, avait dépêché l'ombre
de sa flèche avant d'en pénétrer son
âme. Je ne puis penser sans douleur
à ce qui survit de moi au-dessus des
tombeaux.

*
* *

Quelques années passèrent sur l'œuvre puérile. Je m'étais détachée de
mes petits poèmes sans gloire suffi-
sante. J'aimais la conversation, j'y
exerçais ce que l'on appelait l'élo-
quence. On applaudissait également
à la verve descriptive, pathétique ou
moqueuse.

Vers l'âge de douze ou treize ans je
fus déçue par l'étude du piano où,

avec une sorte d'alacrité assurée qui
me venait du tendre regard que
posaient sur la naissante jeune fille le
professeur de solfège ou le violoniste
subjugués, je malmenais Beethoven,
Mozart, Chopin, Mendelssohn, en les
entraînant dans une sorte de ronde
enthousiaste. Ma mère, prêtresse sans
défaut des suaves mathématiques, fut
irritée du sacrilège. Elle ne mécon-
naissait pas, dans la musique même,
les dons de sa fille véhémente, mais,
préférant la vérité à l'indulgence,
elle me délogeait sans précaution du
tabouret de piano, s'y installait,
et, ravissante, impeccable, parfumée
d'harmonie dès l'abord du clavier, elle
ressemblait à la sainteté qui contente
dans une extase angélique son pur
désir.

C'est alors que je décidai de pénétrer
le mystère de la prosodie. A jamais
conquise par la musique, je me conso-
lai de ne pas me lier à elle en songeant
que les cadences du verbe permettent
l'affirmation singulière et précise, le
mélange de l'âme avec les mondes,
l'incantation, les aveux, les décrets.
Un sonnet d'Alfred de Musset me
servit d'exemple. Je m'appliquai à
bien comprendre les exigences de l'art
poétique, mais, dès ce moment, bien
que m'astreignant par déférence aux
lois qui construisent et contrarient le
jeu divin, je rejetai et condamnai défi-
nitivement, pour moi, toutes les en-
traves que je déclarais vaines. Je ne
leur rendis jamais l'autorité que mon
audace juvénile leur avait déniée.

*
* *

Les quelques poèmes que je publie
aujourd'hui et que j'extrais avec cir-
conspection d'une liasse de feuillets
emmêlés, où je les vois tracés d'une
écriture agile et ornée, mais encore
sans vigueur, abondent en signatures.
Chaque pièce de vers me semblait
mériter cette prise de possession et
cette espérance présomptueuse que
représente le nom affirmé, livré avec
confiance. J'ai écarté les chants touf-
fus, sonores, qui me font détourner
les yeux; telle est l'ingrate pudeur
de l'expérience et du discernement.
Les strophes que je me résous à aban-
donner aux lecteurs contiennent du
moins, dans leur hésitation, quelques
bourgeons des calices futurs. Ces

33

poèmes maladroits, je les relis sans satisfaction comme sans confusion, en me retournant vers l'enfant sérieuse et passionnée qui les puisa dans son cœur. La maladie opposait à chacun de mes désirs d'incessants obstacles, que mon imagination, toujours appelée dans l'espace, franchissait avec la témérité de l'opiniâtre aspiration. Mais cet épuisant effort, je n'en eusse pas eu le courage sans mes lectures assidues.

Des voix sublimes, venues vers moi du fond des temps, m'enseignaient l'histoire du monde, l'histoire de l'homme. C'est à leur vif accent, qui guidait mes volontés, que je dois d'avoir, jusqu'à l'heure des suprêmes tristesses, ignoré la basse vérité, et d'avoir cherché les morts les yeux levés, dans la nue triomphale où je les confondais

avec le rire éternel des dieux heureux
que me léguait ma race lointaine. J'ai,
dès mes premiers chants, parlé des
tombeaux, des cendres, du néant; mais
je ne croyais pas en eux, j'avais foi
dans un infini ineffable qui reflétait
pour mon cœur l'allégresse et l'al-
titude de l'azur illimité. Plus encore
que les poètes dont l'hymne exaltant
ajoutait à ma flamme sans la modérer
ni la diriger, les philosophes, les mo-
ralistes, furent retenus par mes faibles
mains à mon chevet d'enfant brave.
Je fus conquise par l'intelligence. Fière
de la terre des Grecs, à laquelle ma
mère s'enorgueillissait d'appartenir
au point d'évoquer le sol ancestral
jusqu'en ses irritabilités ménagères :
« Vive l'île de Crète! Vivent les filles
de Minos! » l'entendis-je rétorquer à

la nonchalance morose d'une servante qui ne voulait point se mettre au pas de son adroite énergie, je m'unissais au miracle de l'Hellade logique et noble.

Montaigne, tout construit d'antique argile sur quoi verdoie et fleurit la neuve forêt de son génie nourricier, m'empêcha de désespérer, m'empêcha de mourir. Il ne faut pas au cœur même novice, puissamment doué pour la tristesse, de trompeuses promesses de bonheur, mais l'exactitude jointe aux prescriptions de la dignité imman-quable, et au commandement du cou-rage et de l'ordre. Sans la raison, sans la sagesse qui nous imposent le con-trôle et la décision immédiate, que vaudrait le feu des passions, vers quel but s'élancerait le battement des ailes? Aussi est-ce à la réflexion même et

à ses conclusions, dont l'évidence me
consolait, que j'ai consacré la méditation d'un esprit qu'assaillait et tentait
le séduisant univers. J'eusse pu énu-
mérer les enchantements que me pro-
diguaient, à travers la fatigue et la
douleur, les transports du beau lac
Léman et des cieux éployés sur les
paysages romanesques. Et quel corps
ébloui goûta jamais avec une soif si
rapide, et dans le tourbillon d'un rapt,
l'aube et l'odeur âpre et courte du
vert réveil des plantes ; la jubilation
de midi qui, dans un sursaut de joie
explosive, semble déborder l'infini ; la
lente rêverie du courbe crépuscule où
la vie de l'enfant, déclinant avec le
jour, rejoint la défiance résignée du
petit monde animal dont on surprend
les menues inquiétudes, et s'assoupit

comme la vaste végétation bénie de rosée?

Abondance et douceur des choses naturelles, vous accablez les faibles créatures, muettes d'amour, qui ne peuvent pas encore élever contre vous la rivalité de leur voix victorieuse !

J'eusse pu, exprimant les facultés violentes qui s'emparaient de moi, libérer aussi mon ambition fougueuse, mon honnête orgueil d'enfant pleine d'âme, et qui, étant elle-même le trésor dont elle dispose, ne peut pas demeurer au dedans de soi, rêve de se révéler et de se distribuer.

Je me souviens de ce besoin de multitude qui m'animait déjà, et qui plus tard ne nous contente que par le silence solitaire, peuplé d'astres.

Un triste jour d'hiver parisien,

traversant l'imposante esplanade des Invalides, ma main très petite serrée dans celle d'une gardienne vigilante, dont l'œil inspectait l'horizon et supputait le danger de quelques fiacres et de l'omnibus, je vis s'avancer, compact, éclatant, tout uni, un régiment. Mon esprit, bondissant soudain, envia cette foule dont la cohésion et l'apparent triomphe m'enivrèrent. « Je voudrais être cent hommes ! » criai-je, dans un impatient délire, à mon austère accompagnatrice, toujours soucieuse des hasards de la circulation, indifférente à ma voix, et sans réplique.

J'eusse pu, davantage encore, exprimer ma tendresse pour toute chose, mon amour et mon respect de ce qui souffre, et le ravage que faisait en moi la pitié dure et douce qui enjôle et qui piétine le cœur. Quelle privation n'ai-je pas ressentie à ne pouvoir replacer au centre de la joie ce qui languit et implore ! Devant l'enfant en guenilles, qui, dans la crainte du châtiment, harcèle le passant de ses prières et lui tend le bouquet de fleurs moite et fané que la main étrangère repousse ; près du cheval attelé à sa voiture misérable et que l'on voyait, dans la neige et la boue des soirs brumeux, se replier lentement sous lui sans pourtant s'écrouler, tant le soutenait la secrète conscience des êtres asservis, j'ai souhaité de mourir pour cesser d'avoir pitié.

Au cours d'une leçon consacrée à l'orthographe, on ne parvint pas à me faire écrire le début de la dictée : « Dieu est juste. » « S'il est juste, il ne saurait être bon », affirmais-je avec l'entêtement de ceux qui refusent jusqu'au supplice de participer à une action coupable. J'avais tant entendu médire, accabler, condamner au nom de la justice, — force délicate que contemple, attristé et craintif, celui qui se connaît soi-même et qui sait plaindre tous les autres, dont il ne se sent point libéré !

Il me serait agréable d'expliquer, de protéger les poèmes que j'offre à l'indulgent jugement des amis de la poésie. Ils appartiennent à ce moment de ma vie où l'enfant veut s'échapper de l'enfance, où l'adolescente ne veut point encore s'élancer hors du cercle rassurant sur qui règne le pouvoir vénéré du regard maternel. J'eus treize ans, et le malaise rêveur de la nature aux raisons énigmatiques, le digne déplaisir des institutrices mécontentes d'un sort toujours contraire, l'indéchiffrable affairement des adultes me situèrent dans un monde chancelant dont je ne distinguais pas les valeurs.

J'eus quatorze ans, et voici que la mère et ses filles se prirent de querelles sur la toilette, sur les goûts, les opinions, les petites libertés.

J'eus quinze ans, et mon cœur se déchira de mortelle inquiétude.

Quinze ans, ô Roméo, l'âge de Juliette !

J'éclatai en pleurs déments. L'irréparable ne s'était-il pas accompli ? N'avais-je pas laissé passer, dans l'étourderie nébuleuse de la vie rapide et aisée, l'heure de l'amour tendre, éthéré, inguérissable, l'amour pour qui l'on meurt, à qui sont dédiés les poisons, les poignards, les beaux, les désirables, les chastes assassinats? N'avaient-elles pas quinze ans, les Andalouses provocantes de Musset; les filles de Sorrente aux pieds nus, poudrés de corail, et qui s'emparèrent du cœur de Lamartine; les anges mondains, déjà perfides, de Balzac; toutes les vierges de Shakespeare en tunique vaporeuse ou en culotte de noir velours, et mon modèle et mon âme, la caresseuse de colombes, Nausicaa?

Ici finit mon enfance. L'enfance, c'est l'inconnaissance, le pressentiment, certes, qui assiège l'âme de tous côtés et la suspend sur le vertigineux abîme, mais c'est aussi le bonheur, le plaisir, le chagrin sans l'amour.

Enfants, regardez bien toutes les plaines rondes,
La capucine avec ses abeilles autour,
Regardez bien l'étang, les champs, avant l'amour,
Car après l'on ne voit plus jamais rien du monde !

Après l'on ne voit plus que son cœur devant soi,
On ne voit plus qu'un peu de flamme sur sa route,
On n'entend rien, on ne sait rien, et l'on écoute
Les pieds du triste Amour qui court ou qui s'assoit.

— Pauvre enfant qui jouais, ah ! si l'on t'avait dit,
Quand ton arrosoir vert inondait les groseilles,
Que tes larmes plus tard, aux gouttes d'eau pareilles,
Crépiteraient ainsi par les soirs attiédis !

Ah ! si l'on t'avait dit, lorsque sous ton chapeau
Tu riais de tenir du soleil dans tes lèvres,
Que l'été te serait un jour comme une fièvre,
Et qu'enfin ce serait atroce qu'il fît beau ?...

Une puissance immobile occupe
pourtant la créature de sa naissance à

sa mort. Quelle fut et demeure pour moi cette prédilection ? « J'aime la beauté », répétait un de mes amis illustres, et cette préférence qu'il affirmait à voix basse et comme pour soi-même, ressemblait à un élan de souffrance, à une tristesse silencieusement exhalée. Un tel aveu, qui paraît témoigner de l'inassouvissement et de l'appel, exprimait au contraire la ferveur d'un esprit qui déborde de délices, qui les dénombre avec une douloureuse science.

J'ai, moi aussi, aimé la beauté, je l'ai contemplée et louée dans l'univers infini. J'aime la beauté. C'est elle qui élève et guide les pas de l'homme, qui le réjouit par le plaisir aux mille visages contradictoires, qui alimente la force de l'intelligence, la sage folie du

cœur. Sous le masque de la fatigue, de
la maladie, du labeur, de la misère de
l'âme et du corps, la beauté mystérieuse transporte les sens dans un
séjour suave autant que le sera l'éternel repos. Ses noms sont le courage,
l'orgueil au décent maintien, et, mot
divin, l'honneur.

Comtesse de Noailles.

Mai 1928.

L'EXIL

L'EXIL

Germée à la sombre surface
Du globe obscur et paresseux,
L'humanité glisse et s'efface
A l'horizon d'un ciel chanceux.

Les hommes, liés à la terre,
S'y balancent placidement;
Les mols oreillers du mystère
Endorment leur étonnement.

Leur irritante quiétude
N'éloigne pas le doigt pesant
Que leur aïeule, l'habitude,
Pose sur leur front complaisant.

Complices du divin mensonge,
Le repos et la volupté
Bercent pieusement leur songe
Dans le lit de l'éternité.

Ils croient qu'au-dessus de leur tête
Le paradis est un miroir
Qui les contemple, et qui reflète
Leur ignorance et leur savoir.

Sans que jamais leur foi se lasse,
De leur gîte artificiel
Sortant chaque chose de place
Ils ont déjà meublé leur ciel.

Prolongeant le désir qui s'use
Au delà même du trépas,
Leur besoin s'installe avec ruse
Autour d'un éternel repas.

Il semble à leur humeur légère
Qu'ils ont pénétré la cloison,
Et que leur âme ménagère
Ne fait que changer de maison.

Sans révoltes et sans surprise,
Ils vont répétant chaque mot
De la leçon qu'ils ont apprise
Et qu'ils gardent comme un dépôt.

Le triste Intérêt les visite,
Les guette au réveil, les attend,
Les arrête et les sollicite
Avec un visage important.

Leur prévoyance qui s'aiguise,
Ignore, obstinée à veiller,
Que le hasard entre à sa guise
Et fait sa place à leur foyer.

Ils ont défendu qu'on leur ôte
Leur calme ignorant et replet,
Car ils ont inventé la faute
Pour punir ce qui leur déplaît.

Esclaves soumis de l'usage,
L'austère méditation
Ne leur jette point au passage
Sa dure interrogation.

Ils adorent la main qui plisse
Les moires des vivants décors,
Et ne cherchent pas quel caprice
A livré leur âme à leur corps.

La senteur du sol les enivre...
— Mais moi, qui n'ai jamais connu
La molle volupté de vivre,
Je hais l'abandon ingénu !

Chaque aurore qui me réveille
Me luit comme au premier matin ;
J'aurai vécu sans que la veille
M'ait préparée au lendemain.

Je n'ai point de demeure au monde,
Point de foyer et point de lit
Où glisser ma peine profonde
Dans l'accoutumance et l'oubli.

J'erre en cherchant quel coin de terre
Ou quelle étoile au firmament,
Fragments de mon cœur solitaire
L'attireront comme un aimant.

Je cherche vers l'aube nouvelle
Et dans les lointains disparus,
Quelque écho d'une âme jumelle
Pour qui je ne sois pas l'intrus.

Je vais, épiant à quel signe
Le passé promet l'avenir,
Et quelle prophétie est digne
De l'attente ou du souvenir.

— Quand trouveras-tu dans ton antre,
Cœur farouche, exilé si tôt,
La gaîté de l'enfant qui rentre
En reconnaissant le château?

Le repos de la femme sage,
Qui, rentrant ses blés à foison,
Se plaît à songer au ravage
Que fera la froide saison.

Nature, étrange nonchalante
Qui balances contre ton sein
L'humanité lâche et tremblante,
Anxieuse de ton dessein,

Tu peux secouer à ton heure
Mon poids, ce léger embarras,
Sans qu'un de mes gestes t'effleure
Pour se retenir à ton bras,

Je ne suis pas habituée
Et ne t'ai point appartenu,
Car ma demeure est située
Au royaume de l'inconnu !

A UNE STATUETTE

DE TANAGRA

Sois agréable aux dieux, vierge de l'Acropole !
Tu dores mon foyer de ton passé vermeil.
Dans ma demeure obscure, ainsi qu'une auréole
Je vois derrière toi se lever le soleil.

Laisse flotter sur moi les ondes de ta robe
Qui traînait sur la plaine où le figuier fleurit ;
Le lin, que tu retiens d'un ruban, me dérobe
La grâce de ton corps qui chante et qui sourit.

Je viendrai m'appuyer au socle où tu reposes,
Déesse, je languis. Le geste qui bénit
A moins d'apaisement que tes divines poses
Où la vigueur féconde à l'idéal s'unit.

Tes deux bras étendus éloignent les offenses.
Dans la coupe fragile et sûre de ta main
J'ai mis mon cœur, qui semble un vase aux belles anses
Répandant son parfum au fil de ton chemin.

— Je te brûle l'encens et le cierge mystique,
Verse en retour sur moi les grâces de ton ciel.
Ouvre sur mes genoux le pli de ta tunique,
Qu'il tombe des citrons, des ramiers et du miel!

NOTRE AMOUR

Notre amour sera grave ainsi qu'un Dieu vieilli

Qui se croit éternel et sent l'autel qui tremble,

Et nous serons tous deux les servants recueillis

Du mystère sacré qui nous isole ensemble.

Nous serons les élus et les proscrits hautains ;

La vie autour de nous insultera nos rêves,

Nous sentirons pleurer dans ses mornes festins

Notre amour, infini parmi les choses brèves.

Notre amour est le vase empli d'or et de nard

Que nous portons tous deux en tremblant d'en répandre;

Rien ne nous vient de nous, et le sombre hasard

Nous confie un trésor dont il nous fait dépendre.

Nous nous enchanterons du périssable attrait

Et des vives clartés du jour qui se consume,

Et nos sourires même auront l'air d'un regret;

Nous ne serons jamais joyeux sans amertume,

Car nous refuserons le bonheur calme, offert

A ceux que n'émeut point la sirène ondoyante :

Le parfum qui s'égare et le son qui se perd

Nous verseront à flots leur volupté fuyante.

Dédaigneux des efforts et des réalités,
Nous goûterons, muets patriciens du rêve,
Les trésors savoureux de nos oisivetés
Aux languissants détours de l'heure qui s'achève.

Les hommes cherchent l'or et la gloire autour d'eux,
Leur vanité se plie au joug de leurs chimères ;
Nous n'aurons de fierté que d'être beaux tous deux
Dans le fragile essor des grâces éphémères.

Au printemps nous irons errer nonchalamment
Dans la moiteur des prés. Les guêpes querelleuses
Nous berceront l'été d'un mol bourdonnement,
Et l'hiver nous aurons des tendresses frileuses.

Notre ardente ferveur et nos effusions

Iront grossir la somme inutile des choses,

Mais qu'importe aux étés, ivres d'éclosions,

Ce que pèse à l'hiver la poussière des roses...

MÉLANCOLIE

C'est l'heure bienveillante et discrète du soir,
Le vieux sonneur monté dans l'antique tourelle
Berce pieusement le vibrant encensoir ;
Sur le ciel clair l'église étend son ombre frêle,

Les oiseaux sous son toit ont bâti leur manoir.
Mais voici qu'au travers de la rude dentelle
Ils fuient craintifs, au son que l'airain fait pleuvoir,
Le pignon vermoulu que l'âge démantèle.

Éparpillant dans l'air ses battements dolents,
La cloche éveille en moi des souvenirs troublants,
Sa houle pesamment me frôle et me transperce.

Et dans mon cœur profond, où son écho frémit,
Chaque vibration effarouche et disperse
Un tourbillon d'oiseaux qui s'étaient endormis !

LE PASSÉ

J'ai peur des lendemains de fête et de plaisir,
Je ne suis pas de ceux qu'un souvenir enchante,
Et le bien dont mon cœur a dû se dessaisir
Est un mort sans linceul dont le regard me hante.

Celui qui goûtera le fruit qu'il put choisir
Ne saura plus l'émoi dont s'enivrait l'attente,
Et mieux que les refus vous blessez le désir,
Baisers, haltes d'amour sur la rapide pente!

L'été vert, enfoui sous les effeuillaisons,

Attriste, d'un rappel, nos sombres horizons,

Nappes de sable morne épandu sans clémence;

Et j'ai l'abattement, moi qui rêve à jadis,

Du voyageur entrant dans le désert immense,

Après avoir quitté la dernière oasis...

TRISTESSE

D'autres ont eu le goût du calme ou de la gloire,
Mais moi je n'ai que vous,
Amour, dieu sans bonté, sans douceur, sans mémoire,
Sournois, sombre et jaloux.

Je n'ai que vous, pourtant, voyez, je vous préfère
A ce que d'autres ont;
Ceux-là ne savent pas le secret de la terre,
Le mot juste et profond.

Ceux-là ne savent pas que tous les paysages
Sont dans vos yeux clignés,
Que les cœurs les plus hauts, les plus forts, les plus sages,
C'est vous qui les teniez.

Ils ne sauront jamais, foule faible et timide,
Comme on vit avec vous
D'un accord orgueilleux, noble, brave, lucide,
Et comme eux semblent fous.

Dieu des cœurs courageux ! vous mêlez les sciences
A votre enseignement,
Vous donnez aux humains de belles patiences
Par l'âpre et dur tourment,

Et vous ayant connu obsédant et rebelle,

On ne craint plus la mort,

Moins que vous épuisante et plus que vous fidèle,

O dieu noir et retors...

A LÉOPARDI

A LÉOPARDI

Mon orgueil s'est couché, triste Léopardi,
Dans les enseignements funèbres de ton livre
Qui chante d'un cœur las et d'un verbe hardi
Que la vie est oiseuse et que la mort délivre.

Tu contes que le monde est très insuffisant
A nourrir l'appétit des désirs en démence,
Et qu'il est malaisé de goûter le présent
Pour ce que le bonheur nous suit ou nous devance.

Tu donnes la douleur en remède à l'ennui,

Sachant qu'avant la mort l'homme lutte sans trêves

Et qu'il n'est de douceur sur terre que la nuit,

Dans les sommeils obscurs d'où sont exclus les rêves.

Tu sais que l'homme est dur et faible sans recours,

Qu'il est humilié dans ses vieillesses lentes

Devant le front riant des nouvelles amours

Et devant la verdeur renaissante des plantes;

Que souhaiter des jours nombreux est fol et vain,

Que la vie en sa marche est prudente et sévère,

Et qu'il vaudrait bien mieux, sans épargner le vin,

Boire d'un trait l'ivresse immense au même verre!

Rêveur, tu te raillais de tes conceptions,

Et ton fin dialogue insulte ta chimère

Quand tu sais qu'il n'est point de Constellations

Où la chair soit heureuse et l'âme moins amère.

Et le venin subtil qui ravit et qui mord,

En coulant de ta lèvre attristée oint mon âme,

Qui se sent parfumée et dispose à la mort

Comme les corps pieux lavés dans le cinname,

Mon esprit tourmenté par l'aiguillon profond

S'apaise en un sommeil nonchalant et morose,

Et mon désir plaintif se dissout et se fond

Dans le néant paisible où ton cœur se repose...

A
ALFRED DE MUSSET

Roi des Iles d'amour, merci pour ta pitié
Qui de tous nos malheurs a pris l'autre moitié.
Le jeune homme qui pleure et se croit solitaire
Te voit à ses côtés, ressemblant comme un frère,
Et de ton doigt pâli tu guides son chemin...
— La femme qu'on trahit tend son front vers ta main
Et vers ta bouche d'or qui la maudit et l'aime,
Car tu restes croyant jusque dans le blasphème.
Ta voix souple est docile aux subtiles douleurs ;
Tes cris entrecoupés laissent passer nos pleurs,

Tu t'arrêtes, tu pars et tu reprends haleine,

Féroce dans l'amour et tendre dans la haine.

La belle fille prend ton chant pour un aveu

Et les jeunes amants t'ont choisi pour leur dieu.

Ils font une couronne à ta mémoire exquise

Dans le laurier nouveau qui se mêle au cytise ;

Ils attachent le gui de l'amour immortel,

Et déposent en mai, sur ton riant autel,

Des couples de pigeons et des roses pâmées.

— Puis, le soir, ils iront, pensifs, sous les ramées,

Suspendre au temple pur où tous auront frappé,

La première moisson de leur rêve coupé !

REPROCHE AUX DIEUX

Hélas ! la jeune Hébé qui verse l'ambroisie

A-t-elle donc laissé, coupable fantaisie,

Choir si fort de ses mains le vase précieux

Que le Don immortel ait déserté les cieux?

Gardant le souvenir des époques lointaines,

Dans les champs sans plaisir, les nymphes des fontaines

Pleurent abondamment sur la mousse des bois

Les bergers disparus et le son des hautbois

Qui venait enchanter leur idylle champêtre...

Les troupeaux chers à Pan ne reviennent plus paître

L'herbe qui s'argentait de leur riche toison.

De graves monuments montent à l'horizon

Et voilent les rayons sacrés de la lumière.

On ne voit plus errer, le soir, dans la clairière,

L'essaim chaste et riant des jeunes nudités,

Et dans le gouffre obscur les esprits sont hantés

Par l'effroi de la mort. Mais, du fond de l'abîme,

Je hausserai ma voix que le désir anime

Vers ton front glorieux qui brave les affronts,

Dieu qui portes l'Égide ! et nous t'immolerons,

Afin que tes courroux nous deviennent propices,

Des chèvres, des brebis, et de blanches génisses...

JUSTIFICATION DU TIRAGE

Cette plaquette, la troisième de la série *"Pour les Amis des Cahiers Verts"* a été tirée à trois mille neuf cent soixante-huit exemplaires dont : soixante-huit exemplaires sur Madagascar, numérotés Madagascar 1 à 50, I à XII, et A à F ; cent quatre-vingt-dix exemplaires sur vélin pur fil Lafuma, numérotés vélin pur fil 1 à 150, I à XX, et A à T ; trois mille sept cent dix exemplaires sur alfa offset Navarre, numérotés alfa 1 à 3300, I à CCCL, A à BH ; et en outre douze exemplaires sur vélin pur fil crème Lafuma, numérotés L. H. C. I à
L. H. C. XII.

Exceptionnellement, il a été tiré de cet ouvrage, un exemplaire sur japon nacré accompagné de quelques poèmes manuscrits ; vingt-huit exemplaires sur vieux japon, numérotés vieux japon 1 à 20, I à III, et A à E ; dix-neuf exemplaires sur Montval des papeteries Canson et Montgolfier, numérotés Montval 1 à 10, I à IV, et A à E ; quatre-vingt-onze exemplaires sur vélin de Rives blanc, numérotés Rives blanc 1 à 75, I à VI, et A à J ; soixante-six exemplaires sur vélin de Rives teinté numérotés Rives teinté 1 à 50 ; I à VI, et A à J ; et cinquante-six exemplaires sur hollande Pannekoeck, numérotés hollande 1 à 40, I à VI, et A à J.

Tous les exemplaires numérotés en lettres
sont réservés à l'auteur et à ses amis.

ACHEVÉ D'IMPRIMER LE TRENTE JUILLET MIL
NEUF CENT VINGT-HUIT SUR LES PRESSES DU
MAITRE IMPRIMEUR R. COULOUMA, A ARGEN-
TEUIL, H. BARTHÉLEMY ÉTANT DIRECTEUR.